Il était une fois...

Once upon a time...

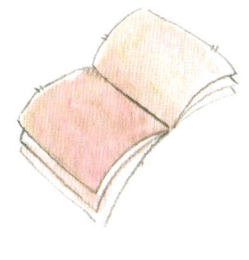

Once upon a time...

À Sabine,
une amoureuse des livres et une amie précieuse
- Magdaléna

À Margaux
- Éléonore

kaléidoscope

© Kaléidoscope 2010
Loi n° 49.956 du 16 juillet 1949 sur les publications
destinées à la jeunesse : mars 2010
ISBN 978-2-877-67662-5
Dépôt légal : mai 2010
Imprimé en Italie

Diffusion l'école des loisirs
www.editions-kaleidoscope.com

Magdaléna Guirao Jullien

La Princesse Rosebonbon

Illustrations d'Éléonore Thuillier

La Princesse Rosebonbon a une chambre de princesse,
un lit de princesse, des chaussures de princesse,
et une robe de princesse avec des frou-frous et des nœuds partout.
Elle a même des cheveux de princesse.

Ce qui lui manque, c'est son prince charmant.

Assise sur son balcon, en balançant ses pieds au vent,
la Princesse Rosebonbon rêve de son beau prince charmant
qui galope sur son cheval blanc.

Mais la princesse n'a pas de prince charmant.

Elle a son chien Hector, quand elle l'embrasse
sur le museau, il éternue,
mais il ne se change pas
pour autant en prince charmant.

le château
d'HECTOR

HECTOR

Elle a son poisson Bulot, quand elle le sort hors de l'eau
pour l'embrasser, il lui fait les yeux ronds,
mais ne se change pas pour autant en prince charmant.

Nourriture pour poisson

charmant

Elle a son chat Malouf, quand elle veut l'attraper pour l'embrasser,
il sort ses griffes, mais ne se change pas pour autant en prince charmant.

Dans l'escalier, la Princesse Rosebonbon marche
la tête haute pour aller voir si son prince charmant
est venu la chercher.
En descendant, elle doit faire attention de ne pas
se prendre les pieds dans ses volants.

La Princesse Rosebonbon sent bon
quand elle s'entraîne à danser
pour son prince charmant
au milieu des rhododendrons…
… des volutes de parfum
s'envolent en tourbillonnant.

La Princesse Rosebonbon sur son balcon trouve le temps long
quand elle attend son prince charmant.

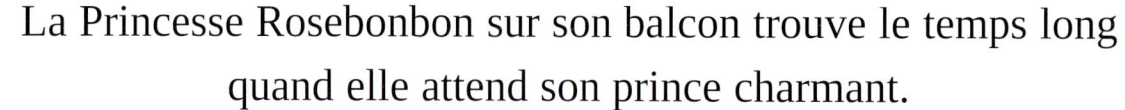

Devant la maison d'à côté, s'arrête un gros camion
de déménagement, une nouvelle famille vient s'installer,
la Princesse Rosebonbon est tout excitée…

Sous le balcon de la Princesse Rosebonbon s'agite un garçon…
La Princesse Rosebonbon
sur la pointe des pieds essaye
de se pencher pour voir
à quoi il ressemble.
Elle s'imagine que
c'est son beau prince charmant,
en costume de chevalier servant.

Maman a eu l'idée de souhaiter la bienvenue aux nouveaux voisins.
Elle les a invités à dîner. La Princesse Rosebonbon aide à tout préparer.
Elle s'affaire joyeusement en cuisine en chantant :

"Mon prince

"il me retrouvera,

Tralala..."

Potion
à la prune

Elixir
à la fraise

charmant viendra, et il m'embrassera

Quand on sonne, la Princesse Rosebonbon ouvre la porte
le cœur battant. Mais horreur, elle voit un pirate à la place
du beau prince charmant.

Quelle déception.

Mais heureusement,
le pirate a plus d'un tour dans son sac.

Finalement,
la Princesse Rosebonbon
trouve qu'un ami pirate…

… courageux et charmant…

... c'est épatant !

Il était une fois...

Once upon a time...

Il était une fois...